Green Eggs and Ham
In Latin

Virent Ova!
Viret Perna!!

a
Doctore Seuss

in Sermonem Latinum
a **Guenevera Tunberg**
et **Terentio Tunberg**
Conversus

Bolchazy-Carducci Publishers, Inc.
Wauconda, Illinois USA

This publication was made possible by
PEGASUS LIMITED.

Editor
Laurie Haight Keenan

Typography & Design
Adam Phillip Velez

Published by
Bolchazy-Carducci Publishers, Inc.
1000 Brown Street, Unit 101
Wauconda, Illinois 60084
http://www.bolchazy.com

ISBN 0-86516-555-6

Printed in the United States
2003
by Worzalla

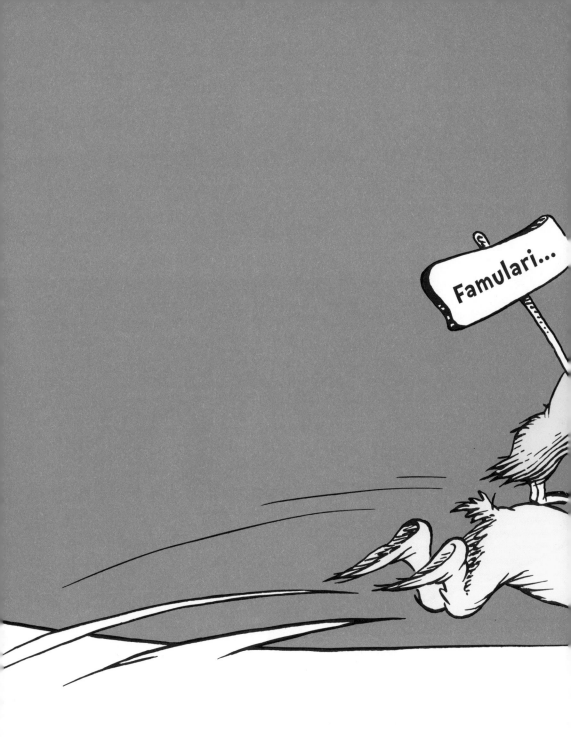

7

Est Pincerna submolestus,

Nec decorus, nec modestus.

Daps placebit hodierna!

Virent ova! Viret perna!

11

Dapem tuam vix probabo.

Tuos cibos non gustabo.

Non mi placent, O Pincerna.

Virent ova! Viret perna!

13

Commodene comedentur

Hic, an ibi consumentur?

Omni loco tuam pernam,
Semper ova tua spernam.
Non mi placent, O Pincerna.
Virent ova! Viret perna!

18

Dapsne mea respuetur,

Si sub tecto suggeretur?

Si cum mure tu sedebis,

Cibos meos non arcebis!

Vel cum mure, vel sub tecto,
Dapem tuam iam detrecto.
Quovis loco tuam pernam,
Semper ova tua spernam.
Non mi placent, O Pincerna.
Virent ova! Viret perna!

Tune talem dapem culpes,

Si sit tibi comes vulpes?

Forsan cibi comedantur,

Hac in cista si ponantur!

Hac in cista ne daps detur!

Ne me vulpes comitetur!

Vel cum mure, vel sub tecto,

Dapem tuam iam detrecto.

Quovis loco tuam pernam,

Semper ova tua spernam.

Non mi placent, O Pincerna.

Virent ova! Viret perna!

Forsan raeda si vehantur,
A te cibi consumantur.
Cape dapem! Cibos gusta!
Seca pernam! Sume frusta!

Tuam dapem non probabo;

Nec in raeda tolerabo.

Grandis arbor mox praebebit
Locum in quo daps placebit.

Arbor nulla meliores,

Nulla raeda suaviores

Dapes reddet, quas spernendas

Esse dico nec edendas.

Et in cista ne daps detur!

Ne me vulpes comitetur!

Vel cum mure, vel sub tecto,

Dapem tuam iam detrecto.

Quovis loco tuam pernam,

Semper ova tua spernam.

Non mi placent, O Pincerna.

Virent ova! Viret perna!

Traminene si veharis,
Dape mea perfruaris?

Tramen, arbor, raeda dentur –
Dapes tuae non laudentur.

Et in cista ne daps detur!
Ne me vulpes comitetur!
Vel cum mure, vel sub tecto,
Dapem tuam iam detrecto.
Quovis loco tuam pernam,
Semper ova tua spernam.
Non mi placent, O Pincerna.
Virent ova! Viret perna!

Daps in umbra capiatur!

In obscuro comedatur!

Et in umbra displicebit,

Nec nox atra me movebit.

Daps in imbre si sumetur,
Madefacta non spernetur!

Daps in imbre non placebit,
Nec nox atra me movebit.
Tramen, arbor, raeda dentur –
Dapes tuae non probentur.
Et in cista ne daps detur!
Ne me vulpes comitetur!
Vel cum mure, vel sub tecto,
Dapem tuam iam detrecto.
Quovis loco tuam pernam,
Semper ova tua spernam.
Non mi placent, O Pincerna.
Virent ova! Viret perna!

Daps non placet hodierna!?

Non mi placet, O Pincerna.

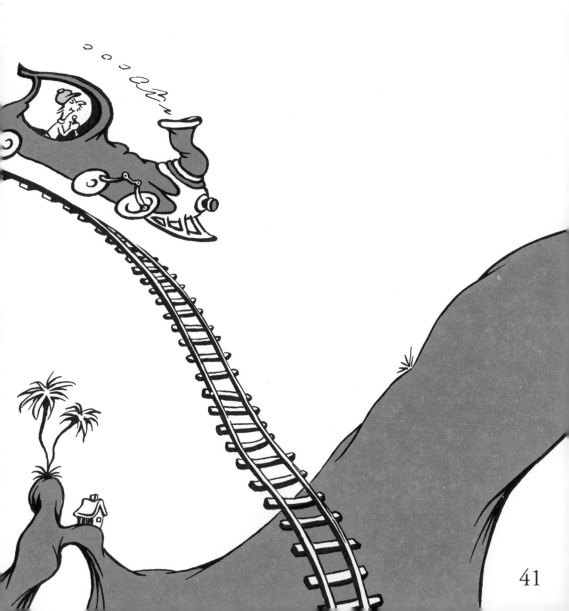

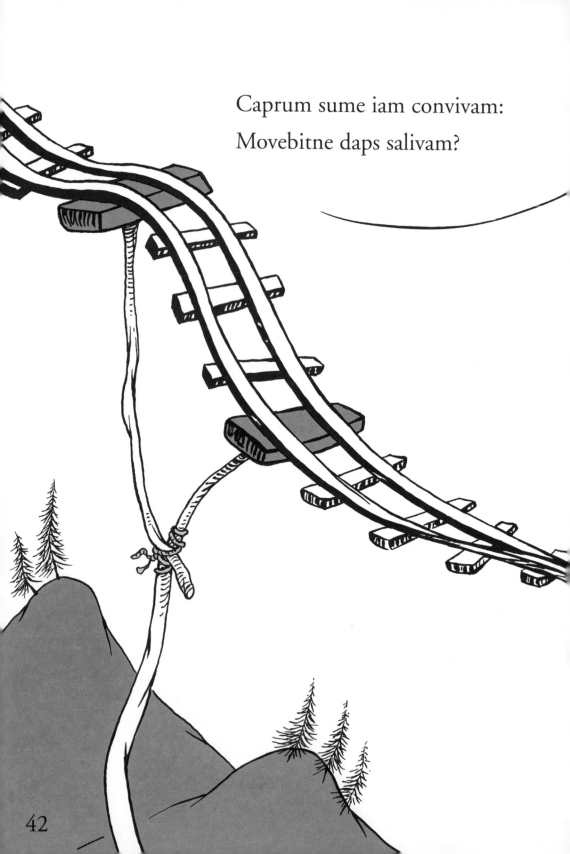

Caprum sume iam convivam:

Movebitne daps salivam?

42

Daps cum capro displicebit.
Comes nullus me movebit!

43

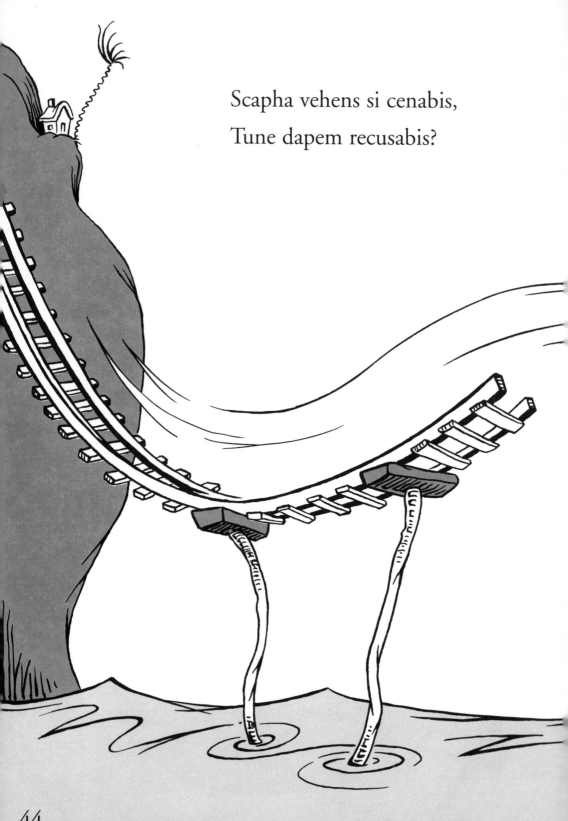

Scapha vehens si cenabis,

Tune dapem recusabis?

45

Daps in scapha displicebit.

Caper comes non placebit.

Daps in imbre non sumetur,

Nec in umbra comedetur.

Tramen, arbor, raeda dentur –

Dapes tuae non probentur.

Et in cista ne daps detur!

Ne me vulpes comitetur!

Vel cum mure, vel sub tecto,

Dapem tuam iam detrecto.

Quovis loco tuam pernam,

Semper ova tua spernam.

Non mi placent, O Pincerna.

Virent ova! Viret perna!

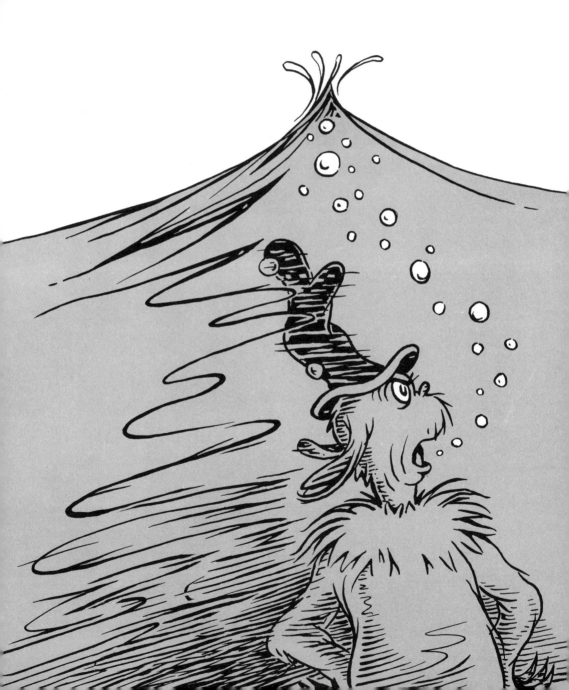

51

Dapem statim respuisti,
Quam gustare debuisti.

Detur mihi cibus iste!

Sequi tandem me desiste!

Virent ova! Viret perna!

Sed mi placent, O Pincerna!

Daps in scapha nunc placebit.

Caper comes arridebit.

Daps in imbre iam sumetur,

Et in umbra comedetur.

Tramen, arbor, raeda dentur –

Dapes tuae mi probentur!

Et in cista mi daps detur!

Iam me vulpes comitetur!

Vel cum mure, vel sub tecto,

Dapem tuam non detrecto.

QUOVIS LOCO iam gustabo,

Cibos tuos et probabo.

Mihi placent, O Pincerna!

Virent ova! Viret perna!

Dapem posthac non arcebo.

Gratum tibi me praebebo!

How to Read these Verses

When Theodor Geisel, or Doctor Seuss, as he is usually called, composed *Green Eggs and Ham*, he made regular use of a distinctive rhythm. His verses are also arranged so that rhyme typically appears in alternate lines. Both the rhythm and rhyme in this text are especially pronounced, because the length of each verse is extremely short. No attempt has been made in the Latin text to reproduce precisely the rhythm and rhyme Seuss used in English. However, various verse forms that were popular among the Latin poets of the Middle Ages offer a medium that seems to provide an equivalent effect. Particularly appealing is a trochaic rhythm that consists of eight-syllable lines. In this verse-form each pair of lines has end-rhyme in the last two syllables, not merely the final syllables. The trochaic measure depends on the accents of the words rather than the length of vowels. Verses of this kind were employed for a great variety of themes, ranging from the serious and religious to the amatory or jocular.

In this text the following rules are observed:

a) All words of more than one syllable are paroxytones – words with an accent on the penult, or second-to-last syllable. Words of more than four syllables are avoided.

b) All words of four syllables should be read with a secondary accent on the first syllable, in addition to the primary stress on the penult, for example:

   Súm 'Pincérna' **nóminátus**

c) If an enclitic is added to any word, the syllable that precedes the enclitic acquires an accent:

   Tráminéne sí veháris….?

d) When words of three syllables follow a monosyllable, that monosyllable should be read with a secondary accent, as follows:

   Dápem túam **víx probábo.**

e) Two monosyllables may occur together, in which case the first has the accent, not the second:

   Nón mi plácent, Ó Pincérna

f) Aphaeresis and elision are completely avoided in these verses. Indeed the verses are so arranged that a word beginning with a vowel never follows another ending with a vowel, or one ending with a vowel followed by *m*.

g) The end of the second foot of each verse is marked by a caesura, or, to be more precise, a diaeresis:

   Cíbos méos / nón arcébis!

De ratione qua hi versus sunt legendi

Theodoricus Geisel, sive Doctor Seuss (qui plerumque appellatur), ad opusculum lingua Anglica componendum, quod *Green Eggs and Ham* inscribitur, numerum quendam sedulo adhibuit, versusque contexuit, quorum alterni fere similiter desinerent. Qui versus quod sunt brevissimi, eo magis et numerus et versuum exitus apparent consonantes. Quamvis instar rationis metricae, quam ille usurpavit sermoni Anglico idoneam, verbis Latinis exprimere vix conaremur, nonnulli tamen numeri, qui aevo medio, quod dicitur, apud scriptores Latinos in pretio fuerunt, ad tale carmen Latine reddendum videbantur esse in primis apti. Lepor quidam invenitur praecipuus in versiculis trochaicis, qui singuli ex octonis syllabis constant, quorum paria similiter desinunt, idque non solum in syllabis ultimis, sed etiam in paenultimis. Numerus porro trochaicus accentu potius verborum quam syllabarum mensura efficitur. Huiusmodi versus ad argumenta quam maxime varia tractanda adhibebantur, sacra, seria, amatoria, iocosa.

Nostris in versiculis hae leges sunt servatae:

a) Nulla adhibentur verba polysyllaba, nisi quorum ponitur accentus in syllaba paenultima. Evitantur verba quae plus quaternis syllabis constant.

b) Ubi legitur vox quattuor syllabarum, ibi audiuntur et accentus primarius in syllaba paenultima positus et secundarius quidam, qui in syllaba prima habetur, velut:

> Súm 'Pincérna' **nóminátus**

c) Si cui verbo addita est particula enclitica, auditur accentus quidam in syllaba quae encliticam antecedit:

> **Tráminéne** sí veháris….?

d) Ubi posita est vox trium syllabarum, semper antecedit monosyllaba, in qua auditur accentus, velut:

> Dápem túam **víx probábo**.

e) Duae voces monosyllabae cum sunt contiguae, accentus in prima (nec in secunda) auditur, velut:

> **Nón mi** plácent, Ó Pincérna.

f) Absonae his versibus sunt aphaeresis et elisio. Vox igitur cuius littera prima est vocalis nusquam sequitur vocem vocali terminatam, neque 'm' litteram, quam vocalis antecedit.

g) Post secundum cuiusque versus pedem invenitur caesura, seu potius diaeresis, velut:

> Cíbos méos / nón arcébis!

About the Translators

Jennifer Morrish Tunberg (Ph.D. History, University of Oxford) has held faculty positions in Medieval Studies in Canada and Belgium. She is an Assistant Professor in the Department of Classics and the Honors Program at the University of Kentucky in Lexington. Her research interests include Latin literature of all periods, ancient, medieval, and more recent times.

Terence Tunberg (Ph.D., Classical Philology, University of Toronto) is an Associate Professor in the Department of Classics and the Honors Program at the University of Kentucky in Lexington. He has held faculty positions in Classics in Canada, the U. S. A., and Belgium. Interested in the entire Latin tradition, he has conducted specialized research on typologies of prose style in ancient and more recent texts. Every summer in Lexington he conducts seminars in the spoken use of Latin.

De Interpretibus

Guenevera Morrish Tunberg doctricis rerum gestarum diplomate in studiorum universitate Oxoniensi honestata, medii aevi historiam, mores, litteras in Canada, in Belgica, in Civitatibus Americae Septentrionalis docuit. Profestrix nunc adiutans apud litterarum Graecarum Latinarumque facultatem, collegiumque 'Honors' nuncupatum docendi muneribus Lexintoniae in academia Kentukiana fungitur, ubi operibus Latinis non solum antiquis, sed medio quod dicitur aevo et recentiore aetate editis operam dat sedulam.

Terentius Tunberg, qui ob linguae Latinae studia in academia Torontina ad doctoris gradum pervenit, philologiam in Canada, in Belgica, in Civitatibus Americae Septentrionalis professus, professor nunc sociatus apud litterarum Graecarum Latinarumque facultatem, collegiumque 'Honors' nuncupatum docendi muneribus Lexintoniae in academia Kentukiana fungitur. Totius patrimonii Latini studiosissimus, inquirit in solutae orationis genera apud auctores Latinos cum antiquos tum etiam recentiores frequentata. Conventicula Latine loquentium moderatur, quae quotannis Lexintoniae tempore aestivo agitantur.

Vocabulary

Verborum index, quae in opusculo leguntur, quod *Virent Ova, viret perna* inscribitur.

A

a *(+ abl.)* by

an or

arbor, -oris, *f.* tree

arceo (2), arcui, arctum to keep at a distance, ward off, repel

arrideo (2), arrisi, arrisum to please

ater, atra, atrum black

C

capio (3), cepi, captum to seize, take; **cape dapem!** *(literally)* take food!, i.e. eat up! dig in!

caper, -pri, *m.* goat

ceno (1) to dine

cibus, -i, *m.* food

cista, -ae, *f.* box

comedo (3), comedi, comesum to eat

comes, -itis, *comm.* companion

comitor (1) to accompany

commode conveniently, suitably, opportunely

consumo (3), consumpsi, consumptum to eat, consume, devour

conviva, -ae, *comm.* one who dines with another, table companion

culpo (1) to blame, to censure, disapprove

cum *(+ abl.)* with

D

daps, dapis, *f.* feast *(in both singular and plural: more common in plural)*

debeo (2), debui, debitum should

decorus, -a, -um dignified, decent

do (1), dedi, datum to give

desisto (3), destiti, destitum to cease, desist from, stop

detrecto (1) to decline, refuse

dico (3), dixi, dictum to say

displiceo (2), displicui, displicitum to displease

E

edo (3), edi, esum to eat

ego, mei, mihi/mi, me, me I, me

et and

F

famulor (1) to serve, attend, wait upon

forsan perhaps

frustum, -i, *n.* a piece, a bit

G

grandis, -e tall, big, large

gratus, -a, -um pleasing, acceptable

gusto (1) to taste, to try (a food), to take a little

H

hic, haec, hoc this

hodiernus, -a, -um today's, of this day

I

iam now, at present

ibi there, in that place

imber, imbris, *m.* rain

in *(+abl.)* in
iste, ista, istud this, that

L

laudo (1) to approve, praise
locus, -i, *m.* place

M

madefacio (3), madefeci, madefactum to
    moisten, wet, soak
me *see* ego
meus, -a, -um my
melior, -oris better
mi = mihi *see* ego
mihi *see* ego
modestus, -a, -um keeping due measure,
    modest
moveo (2), movi, motum to move; to
    persuade, excite, inspire
mox soon
mus, muris, *comm.* mouse

N

ne not; enclitic -ne *(appended to the end of a
    word) makes the sentence a question*
nec and not; nec. . . nec. . . neither. . .nor. . .
nomino (1) to name
non not
nox, noctis, *f.* night
nullus, -a, -um no
nunc now
nuncupo (1) to call, name; nuncupatus, -a,
    -um called, named

O

O O! Oh!
obscurum, -i, *n.* dim light, dark
ovum, -i, *n.* egg

P

paro (1) to make ready, prepare; paratus, -a,
    -um prepared, ready
perfruor (3), perfructum to enjoy fully
perna, -ae, *f.* ham
pincerna, -ae, *m.* butler, waiter, server
placeo (2), placui, placitum *(+ dat.)* to please
pono (3), posui, positum to put, place
posthac afterwards, after this
praebeo (2), praebui, praebitum to offer, to
    show
probo (1) to approve

Q

qui, quae, quod *(relative pron.)* which/that
quivis, quaevis, quodvis whatever

R

raeda, -ae, *f.* car
recuso (1) to refuse, reject
reddo (3), redidi, reditum to give, yield,
    render
respuo (3), respui to reject

S

saliva, -ae, *f.* saliva; salivam movere to whet
    one's appetite
scapha, -ae, *f.* skiff, light boat
seco (1), secui, sectum to cut
sed but
sedeo (2), sedi, sessum to sit
semper always, forever
sequor (3), secutum to follow
si if
sit *see* sum
sperno (3), sprevi, spretum to scorn, reject,
    despise
statim immediately
suavis, -e sweet, pleasant, agreeable

sub *see* **tectum**

submolestus, -a, -um troublesome,
　　irritating

suggero (3), suggessi, suggestum to supply, to
　　serve

sum, esse, fui to be

sumo (3), sumpsi, sumptum to take; to enjoy

T

talis, -e such, of such a kind

tandem at last, finally

te *see* **tu**

tectum, -i, *n.* roof, house; **sub tecto** in a house

tibi *see* **tu**

tolero (1) to tolerate, put up with

tramen, -inis, *n.* train (C. Helfer, *Lexicon
　　Auxiliare* [Saarbrücken, 1991])

tu, tui, tibi, te, te you

tuus, -a, -um your

U

umbra, -ae, *f.* shade

V

veho (3), vexi, vectum to convey, carry; **scapha
　　vehens** sailing in a skiff

vel. . .vel. . . either. . .or

vireo (3), virui to be green

vix scarcely, hardly

vulpes, -is, *f.* fox